Trois Essais d'Emerson

Traduits de l'Anglais par E. D.

MAYENNE

IMPRIMERIE POIRIER-BEAUU

1897

AMITIÉ
AMOUR
ART

Trois Essais d'Emerson

Traduits de l'Anglais par E. D.

MAYENNE
IMPRIMERIE POIRIER-BEALU
1897

Ces essais sont traduits presque mot à mot, et les tournures anglaises, souvent même particulières à Emerson sont soigneusement conservées, ainsi que l'enchaînement plus ou moins suivi des idées, il en résulte une certaine bizarrerie de style et de composition qui pourra étonner le lecteur, mais qui lui donnera un reflet plus exact de l'originalité si personnelle de l'auteur.

E. D.

« Par un long noviciat, par l'épreuve de beaucoup de pensée, nous devons nous élever — non dans la faveur d'une heure, mais habituellement — à une abstraction, un idéalisme que dans leurs années les plus sages, même parmi les hommes les plus sages, combien peu atteignent ! Cependant, jusqu'à ce que nous soyons ainsi bénis, nous ne connaissons pas la vraie divinité de la contemplation, ni la toute suffisante puissance de la conscience de soi ; ni ne pouvons-nous solennellement nous retirer dans ce sanctuaire des sanctuaires de nos âmes, où nous apprenons et sentons combien notre nature est capable de l'existence d'un Dieu ! »

BULWER. *(Rienzi)*.

AMITIÉ

Nous avons beaucoup plus de bienveillance qu'on n'en a jamais parlé. Malgré tout l'égoïsme qui transit le monde comme un vent d'Est, toute la famille humaine est baignée d'un élément d'amour semblable au subtil éther. Combien de personnes rencontrons-nous dans les maisons, auxquelles nous parlons à peine, que cependant nous honorons et qui nous honorent ! Combien nous en voyons dans la rue ou près desquelles nous siégeons à l'église, et avec lesquelles, en silence, nous jouissons vivement d'être ! Lis le langage de ces regards errants. Le cœur le comprend.

L'effet de l'indulgence de cette affection humaine est une certaine hilarité cordiale. En poésie, et dans le discours ordinaire, les émotions de bienveillance et de joie que nous ressentons à l'égard les uns des autres sont parallèles aux effets matériels du feu ; aussi rapides et beaucoup plus rapides, plus actifs et plus réjouissants sont ces beaux rayonnements intimes. Du premier degré de l'amour passionné au dernier de la bonne volonté, ils font la saveur, le charme, la douceur de la vie.

Notre puissance intellectuelle et active croît avec notre affection. L'homme instruit écrit, et toutes ses années de méditation ne lui fournissent ni une bonne pensée ni une heureuse expression ; mais s'il doit écrire une lettre à un ami, aussitôt des troupeaux de douces pensées se revêtent, plein ses deux mains, d'expressions choisies. Vois, dans toute maison où la vertu et le respect de soi-même habitent, la palpitation que donne l'arrivée d'un étranger ; un malaise qui tient du plaisir et de la douleur envahit tous les cœurs de la maisonnée. Son arrivée fait presque peur aux bonnes âmes qui veulent lui souhaiter la bienvenue. La maison est époussetée, toutes les choses volent à leur place, le vieux manteau est changé contre un neuf, et il faut dresser un dîner si possible. De l'étranger, il n'a été fait que de bons rapports, le bien et le nouveau seuls nous sont rapportés. Il nous représente l'humanité. Il est ce que nous voulons. Nous l'étant imaginé et l'ayant revêtu, nous nous demandons comment nous mettre en rapport par la conversation et l'action avec un tel homme, et la crainte agite nos pensées. La même idée élève notre conversation avec lui. Nous parlons mieux qu'à l'ordinaire. Nous avons l'imagination la plus agile, une mémoire plus riche et le démon muet nous laisse pour un temps. Pendant de longues heures nous pouvons dérouler une série de communications sincères et gracieuses, tirées de la plus vieille et la plus secrète expérience, tellement que nos parents et connaissances sont vivement surpris de ces facultés inhabituelles. Mais aussitôt que l'étranger commence à imposer ses partialités, ses définitions, ou ses défauts, tout est fini. Il a entendu pour la première et la dernière fois le meilleur qu'il entendra jamais de nous. Ce n'est plus un étranger, car la vulgarité, l'ignorance, les méprises, sont de vieilles connaissances. Maintenant quand il viendra, il pourra obtenir l'ordre, la grande tenue et le dîner, mais plus le battement du cœur, ni les communications de l'âme.

Qu'y a-t-il d'aussi charmant que ces jets d'affection qui vous font naître à nouveau dans un monde inconnu ? Quoi d'aussi délicieux que l'exacte et ferme rencontre de deux âmes dans une pensée ou une émotion ? Qu'elles sont ravissantes à leur approche de ce cœur palpitant, la marche et la forme de l'Abandon et du Vrai ! Du moment où nous laissons battre nos cœurs, la terre est métamorphosée ; il n'y a plus d'hiver ni de nuit ; toutes les tragédies, tous les ennuis s'évanouissent, tous les devoirs même ; car la beauté toute radieuse qui s'échange d'âme à âme remplit à elle seule l'avenir éternel. Si l'âme est sûre qu'elle peut rejoindre son amie quelque part dans l'univers elle sera contente et joyeuse pendant mille années de solitude.

Je me suis éveillé ce matin en rendant grâces pour mes amis anciens et nouveaux. N'appellerai-je pas Dieu le Beau qui se montre ainsi journellement à moi dans ses dons ? Je blâme la société, j'embrasse la solitude, et pourtant je ne suis pas assez ingrat pour ne pas voir le bien, le beau, et le noble qui, de temps à autre, ouvrent la grille de mon jardin. Celui qui m'entend et me comprend devient mien pour toujours. Et la nature est prodigue de ces joies, ainsi nous tissons de nouvelles fibres sociales ; et comme la succession de beaucoup de pensées voit toujours leur établissement, nous allons tout à l'heure nous élever à un monde nouveau sorti de nos mains, et nous ne serons plus des étrangers et des pèlerins dans un monde traditionnel. Mes amis sont venus à moi sans que je les ai cherchés. Dieu me les a donnés. Par le droit le plus ancien, par la divine affinité de la vertu avec elle-même, je les trouve, ou plutôt non pas moi, mais la Divinité qui est en moi et en eux tourne en dérision et résoud les barrières qu'élèvent le caractère individuel, la parenté, l'âge, le sexe, ou la circonstance, toutes choses sur lesquelles Elle ferme habituellement les yeux. Que de remercîments ne vous dois-je pas, ô précieux amis qui me faites découvrir de nouvelles et nobles profondeurs dans la Nature, et qui dilatent le sens de toutes mes pensées. Ah ! antique et jeune poésie du premier Barde et du dernier poète, chant ininterrompu, hymne, ode, et idylle, poésie encore inachevée, chant éternel et silencieux des Muses ! Pourrais-tu maintenant te séparer de moi, ou répondre moins haut quand j'appelle ? Je ne sais, mais je ne crains pas, car notre liaison est si pure, que la simple affinité la maintient, et le Génie de ma vie étant social, la même affinité exercera son énergie en quelque lieu que je sois, sur quiconque est aussi noble que ces hommes et ces femmes.

Je confesse une extrême sensibilité naturelle à cet égard. Il m'est presque dangereux « d'exprimer le doux poison du breuvage dédaigné » des affections. La présence d'une nouvelle personne est un grand événement pour moi, et chasse mon sommeil. J'ai souvent eu de belles passions qui m'ont fait passer des heures délicieuses ; mais leur joie finit avec la journée et ne produit aucun fruit. Une pensée n'en est pas sortie ; et ma manière d'agir s'est à peine modifiée. Je dois concevoir de l'orgueil des perfections de mon ami comme si elles étaient miennes, et un droit de propriété sur ses vertus. J'entends sa louange avec autant de chaleur qu'un fiancé qui entend applaudir sa bien-aimée. Nous estimons par-dessus tout la conscience de notre ami. Sa bonté semble meilleure que la nôtre, sa nature plus belle, et ses tentations moindres. L'imagination embellit tout ce qui lui appartient, son nom, sa silhouette, sa mise, ses livres, et ses instruments. Notre propre pensée retentit fraîche et plus ample de sa bouche.

Cependant le systole et le diastole du cœur dans l'amitié ne sont pas sans analogie avec le flux et le reflux de l'amour. L'amitié, comme l'immortalité de l'âme, est trop belle pour qu'on y croie. Dans l'amour, en regardant une jeune fille, l'homme sait à moitié qu'elle n'est pas réellement ce qu'il adore ; et aux heures dorées de l'amitié, nous sommes surpris par des ombres de soupçon et d'incrédulité. Nous doutons de pouvoir donner à notre héros la valeur qui éclate en lui, et ensuite nous adorons la forme à laquelle nous avons attribué cette habitation divine. A vrai dire, l'âme ne respecte pas les hommes autant qu'elle se respecte. Sciemment tout le monde pose la même condition d'éloignement. Pourquoi craignons-nous de refroidir notre amitié en exploitant les fondations métaphysiques de ce temple Elyséen ? Ne suis-je pas aussi vrai que les choses que je vois ? Si je le suis, je ne crains pas de les reconnaître pour ce qu'elles sont. Leur essence n'est pas moindre que leur apparence, encore qu'elle nécessite de plus fins organes pour être saisie. La racine de la plante n'est pas invisible à la science, quoique pour des chapelets et des guirlandes nous en brisions la tige. Et je veux hasarder l'expression d'un fait cru au milieu de ces aimables rêveries, même s'il doit produire l'effet d'un crâne Egyptien dans notre banquet : Un homme qui ne fait qu'un avec ses pensées a une magnifique conception de lui-même. Il a conscience d'un succès général, bien qu'acheté par des insuccès particuliers. Aucun avantage, aucun pouvoir, aucun or, ni aucune force ne peuvent lutter avec lui. Je ne peux pas choisir, mais je me fie plus à ma pauvreté qu'à ta richesse. Je ne peux pas rendre ton sentiment intime égal au mien. Seulement une étoile étincelle, et la terre a une clarté douce comme un rayon de lune. J'entends le panégyrique des talents admirables et du sang-froid de celui que tu loues, mais je sens bien que tous ces manteaux de pourpre ne me le feront pas aimer s'il n'est pas après tout un pauvre grec comme moi. Je ne peux pas nier, ô ami, que l'ombre immense du Phénoménal te comprenne aussi dans son immensité bigarrée, toi aussi, en comparaison de qui tout est ombre. Tu n'es pas un Etre comme la Vérité ou comme la Justice, tu n'es pas mon âme, mais un tableau et une effigie de tout cela. Tu es venu à moi il y a peu de temps, et déjà tu saisis ton chapeau et ton manteau. N'est-ce pas que l'âme laisse sortir les amis, comme l'arbre les feuilles qui vont tomber pour la germination de nouveaux bourgeons ? La loi de nature est « changement éternel ». L'électricité positive appelle la négative. L'âme s'environne d'amis pour acquérir une plus profonde connaissance d'elle-même et une plus grande solitude ; et elle se retire un temps pour exalter son nouvel état d'âme, et son nouveau monde. Cette loi s'accomplit tout le long de l'histoire de nos amitiés. L'instinct de l'affection ravive en nous un espoir d'union avec nos frères, et le retour de l'esprit d'isolement nous rappelle de ces réunions aimables et bienfaisantes. Ainsi tout homme passe sa vie à la recherche de l'amitié, et s'il laissait parler son vrai sentiment, il écrirait une lettre ainsi conçue à tout nouveau candidat pour elle :

Cher ami,

Si j'étais sûr de toi, de ta capacité, et d'allier mon humeur à la tienne, je ne m'occuperais plus jamais des causes futiles de tes allées et venues. Je ne suis pas très sage ; mon caractère est très vulnérable, et je respecte ton génie ; il est pour moi comme encore insondable ; jusqu'ici je n'ose présumer en toi une parfaite connaissance de moi, et tel tu m'es un délicieux tourment.

A toi toujours, ou jamais.

Toutefois ces joies inquiètes et ces douleurs subtiles sont trop délicates pour la vie. Il ne faut pas s'y abandonner. Elles ne tissent que des toiles d'araignée. Nos amitiés se hâtent à tirer d'étroites et pauvres conclusions, parce que nous en avons fait un tissu de rêve et de mensonge, au lieu de la fibre immortelle du cœur humain. Les lois de l'amitié sont austères et éternelles, intimement liées à celles de la nature et de la morale. Mais nous n'avons eu en vue qu'un prompt et petit profit, pour en aspirer une douceur immédiate. Nous arrachons le fruit le plus tardif du jardin divin que beaucoup d'étés et d'hivers doivent encore mûrir. Nous ne recherchons pas saintement notre ami, mais avec une passion égoïste pour nous l'approprier. En vain. Nous sommes armés d'antagonisme des pieds à la tête, lequel aussitôt que nous nous rencontrons, commence à se mouvoir, et convertit toute poésie en prose. On descend presque toujours pour se rencontrer. Toute association est un compromis, et, ce qui est pire, la simple floraison et l'arôme de chaque belle nature disparaît au moment où elles s'abordent. Quel désappointement perpétuel dans la société actuelle, même des plus vertueux et des plus richement doués! Après une entrevue obtenue par une longue préméditation, nous sommes tourmentés par des froissements, de soudaines et importunes apathies, des épilepsies morales, dans l'ardeur de l'amitié et de la pensée. Nos forces nous trompent, et la solitude devient un soulagement.

Je devrais être à la hauteur de toute relation. Le nombre de mes amis ne signifie rien, ni le plaisir que me procure leur conversation, s'il y en a un que je n'atteins pas. Si je me suis retiré inférieur d'un débat, la joie que je trouve dans tous les autres devient mesquine et lâche. Je me haïrais si alors je me faisais asile de mes autres amis.

« Le vaillant guerrier fameux par ses combats,
Après cent victoires, une fois invainqueur,
Est effacé du livre de gloire,
Et tout le reste s'oublie pour lequel il a tra-
[vaillé. »

Notre impatience est ainsi brusquement châtiée. La timidité et l'apathie sont une écale épaisse et flexible qui protège l'organisation délicate d'une maturité trop précoce. Elle serait perdue si elle se connaissait avant qu'aucune des âmes les meilleures soient encore assez mûres pour la connaître et l'aimer. Respecte la lenteur de la nature qui laisse durcir le rubis pendant un million d'années, et dont le travail éternel manie les Alpes et les Andes. Il n'est pas de ciel pour prix de la témérité. L'amour qui est l'essence de Dieu, n'est pas une gracieuse folie, mais la valeur même, la dignité, la force, la richesse, le droit, la sagesse, la grandeur et la gloire de l'homme. N'ayons pas ces questions enfantines dans nos regards, mais la grandeur la plus austère ; approchons notre ami avec une foi audacieuse dans la loyauté de son cœur, dans la profondeur impossible à violer de son âme.

L'attraction de ce sujet n'est pas faite pour qu'on y résiste, et je laisse de côté pour le moment la question de l'avantage social pour ne parler que de ces rapports sacrés et selects, en quelque sorte absolus, qui laissent même le langage de l'amour suspect et ordinaire tant ils sont purs, et il n'en est pas de plus divins.

Je ne veux pas traiter délicatement de l'amitié, mais avec le courage le plus âpre. Quand elle est réelle, elle n'est pas de verre ni de glace, mais ce qu'il y a de plus solide au monde. Car maintenant, après tant de siècles d'expérience, que savons-nous de la nature et de nous-mêmes ? L'homme n'a pas fait un pas vers la solution du problème de sa destinée, et dans une folle condamnation gît l'univers entier. Mais la sincérité si douce de joie et de paix que je retire de l'alliance avec l'âme de mon frère est la noix même dont toute la nature et toute la pensée ne sont que la coquille. Heureuse est la maison qui abrite un ami ! Elle pourrait être ornée comme une maison de fête ou un arc de triomphe pour le recevoir un seul jour. Plus heureuse encore s'il reconnaît la solennité de cette relation et honore sa loi ! Celui qui aspire à ce pacte s'avance comme un Olympien aux Grands Jeux où concourent les premiers-nés du monde. Il se propose pour des combats où le Temps, le Besoin et le Danger sont en lice, et celui-là seul est vainqueur qui a assez de foi dans son caractère pour préserver sa délicate beauté de leurs avaries. Les dons de la Fortune présents ou absents, tout le succès du combat dépend de la noblesse intrinsèque et du mépris des futilités. L'amitié a deux éléments, chacun si indispensable que je ne peux découvrir de supériorité à aucun, il n'y a pas de raison pour en nommer un avant l'autre. L'un est Vérité. Un ami est quelqu'un avec qui je peux être sincère. Je peux penser tout haut devant lui. Je suis arrivé finalement en présence d'un homme si vrai que je peux même laisser tomber ces derniers vêtements de dissimulation, de courtoisie, et ces seconds mouvements dont l'homme ne se dépouille jamais, et me rencontrer avec lui aussi simplement et aussi absolument qu'un atome chimique en rencontre un autre. La sincérité, comme les diadèmes et l'autorité, est le luxe permis seulement aux plus hauts placés, lesquels peuvent avoir leur franc parler, n'ayant personne au-dessus d'eux à courtiser ni à qui se conformer. Chaque homme seul est sincère, mais si quelqu'un s'avance, l'hypocrisie intervient. Nous esquivons l'approche de notre semblable par des compliments, des bavardages, des amusements, des affaires. Nous lui voilons notre pensée sous des replis sans nombre. J'ai connu un homme qui sous l'empire d'une frénésie religieuse, rejetant ces draperies et négligeant tous compliments et lieux communs, parlait à la conscience de chaque personne qu'il rencontrait, et cela avec une grande vue intérieure et une grande beauté. On lui a résisté au commencement et tout le monde était d'accord qu'il était fou. Mais persistant quelque temps dans cette manière, ce dont à vrai dire il ne pouvait s'empêcher, il eut l'avantage de parvenir à des rapports vrais avec tous les hommes de sa connaissance. Nul n'aurait pensé à lui parler déloyalement ou à le chasser par des babils de salon. Mais il contraignait tout le monde à une égale franchise, et à montrer quel était son amour pour la nature, sa poésie, et son symbole de vérité. La plupart du temps la société ne nous montre pas son front, mais son dos. Revenir à de vraies relations dans un siècle perfide équivaut à un accès de folie, n'est-ce pas? Nous pouvons rarement aller tout droit. Presque tout homme que nous rencontrons requiert des civilités et des flatteries, il a quelque renommée, quelque talent, quelque caprice religieux ou philanthropique en tête, lequel ne doit pas être mis en question et gâte la conversation. Mais un ami est un homme sain d'esprit qui n'exerce pas mon ingénuité, mais moi-même. Il me reçoit sans rien stipuler de moi. Un ami est donc une sorte de paradoxe. Moi qui suis solitaire et qui ne vois rien dans la nature dont je puisse m'affirmer l'existence avec une preuve exacte, je considère maintenant l'image de mon être dans toute sa hauteur, sa variété, sa délicatesse, en une forme étrangère, de sorte qu'un ami peut être considéré comme le chef-d'œuvre de la nature.

L'autre élément de l'amitié, c'est la tendresse. Nous sommes retenus les uns aux autres par toutes sortes de liens, par le sang, l'orgueil, la crainte, l'espoir, le gain, l'envie, la haine, l'admiration, et toute circonstance, toute insigne ou vétille, mais nous pouvons à peine croire que tant de caractère puisse subsister chez un autre au point de nous attirer par amour. Se peut-il qu'un autre soit si béni, et nous si purs, que nous puissions lui offrir notre tendresse ? Quand quelqu'un me devient cher, j'ai atteint le but. On a très peu écrit sur cette force. Et cependant il y a un texte que je ne peux m'empêcher de me rappeler. Mon auteur dit : — « Je me suis offert timidement et aveuglément à ceux auxquels j'appartiens pour atteindre le but que je me propose, et je me donne moins à celui auquel je suis le plus dévoué. » Je voudrais que l'amitié eût des pieds, ainsi que des yeux et de l'éloquence. Il faut qu'elle se pose sur la terre avant de voltiger dans les régions étoilées. Je voudrais qu'elle soit un peu citadine avant d'être tout à fait chérubin. Nous blâmons le citadin parce qu'il fait de l'amour une marchandise. C'est un échange de présents, d'emprunts utiles ; un bon voisinage ; il veille les malades ; tient le cordon du poêle aux obsèques ; et perd complètement de vue les délicatesses et la noblesse de l'intimité. Mais quoique nous ne puissions pas trouver le dieu sous ce déguisement de vivandier, d'un autre côté, nous ne pardonnons pas au poète de filer son lin trop fin, et de ne pas substancier sa fiction par les vertus communes de justice, de ponctualité, de fidélité et de pitié. Je hais la prostitution du nom de l'amitié quand il signifie des alliances à la mode et mondaines. Je préfère de beaucoup la compagnie des garçons de ferme et des étameurs à l'amitié pimpante et parfumée qui célèbre ses rendez-vous par des étalages frivoles, des courses en voiture, et des dîners aux meilleurs hôtels. Le but de l'amitié est le plus étroit et le plus simple commerce d'idées, de sentiments qui puisse être atteint; plus étroit qu'aucun de ceux dont nous avons l'expérience; l'aide et la consolation par les chemins et les traversées de la vie et de la mort. Il est bon pour les jours sereins, les présents grâcieux, et les jolies promenades, mais aussi pour les chemins raboteux, et la nourriture grossière, les naufrages, la pauvreté et la persécution. Il va de pair avec les échappées de génie et l'extase religieuse. Nous devons nous ennoblir les besoins et les devoirs journaliers de la vie l'un à l'autre et l'embellir par le courage, la sagesse et l'unité. Ce ne devrait jamais tomber dans quelque chose d'ordinaire et d'établi, mais être toujours alerte, inventif, et ajouter une rime et une raison aux occupations basses et pénibles.

On peut dire que l'amitié demande des natures si rares et si magnifiques, chacune si bien trempée, si heureusement adaptée, et en même temps placée dans de telles conditions (car même pour l'amitié, a dit un poète, il faut des individus assortis), que sa satisfaction est très rarement assurée. Certains savants dans cette science du cœur disent qu'elle ne peut subsister dans sa perfection à plus de deux. Je ne suis pas tout à fait aussi rigoureux dans mes conditions, peut-être parce que je n'ai jamais eu de relation si élevée que d'autres. Je satisfais plus mon imagination avec un cercle divin d'hommes et de femmes différemment alliés les uns aux autres, et entre lesquels subsiste une intelligence sublime. Mais je reconnais que cette loi de *un à un* est absolue pour la conversation qui est l'exercice et la consommation de l'amitié. Ne mêlons pas trop les eaux. Les meilleures se mêlent aussi mal que le bon et le mauvais. Vous aurez des entretiens utiles et réjouissants à différents moments avec deux hommes différents, mais allez tous les trois ensemble et vous n'aurez pas un mot neuf et partant du cœur. Deux peuvent parler et un peut écouter, mais trois ne peuvent pas prendre part à une conversation de nature sincère et pénétrante. En bonne société, il n'y a jamais de ces conversations entre deux personnes, à travers la table, qui ont lieu quand vous les laissez seules. Les individus perdent leur égotisme qui est exactement extensible aux diverses consciences présentes. Les faiblesses d'ami à ami, les folles tendresses de frère à sœur, de mari à femme, ne sont pas à propos là, mais tout autre chose. Celui-là seul peut alors parler qui peut voguer sur la pensée commune de l'assemblée, et n'est pas étroitement limité par la sienne propre. Alors cette convention que le bon sens demande détruit la sainte liberté de la conversation intime, qui réclame la fusion absolue de deux âmes en une seule.

Il n'y a pas deux hommes qui laissés seuls l'un à l'autre n'entrent dans de plus simples rapports. Cependant c'est l'affinité qui décide lesquels *deux* doivent s'entretenir.

Des hommes qui n'ont aucun rapport entre eux se donnent peu de joie l'un à l'autre ; ils ne soupçonneront jamais les pouvoirs latents de chacun. Nous parlons quelquefois d'un grand talent de conversation, comme si c'était une qualité permanente chez quelques-uns. La conversation est une liaison passagère, rien de plus. Un homme qui a la réputation d'avoir de l'esprit et de l'éloquence ne peut pas pour cela dire un mot à son cousin ou à son oncle. On lui reproche son silence avec autant de raison qu'on reprocherait à un cadran solaire de ne rien marquer dans l'ombre. Au soleil il marquera l'heure. Parmi ceux qui savourent ses pensées, il retrouvera sa voix.

L'amitié demande ce rare milieu entre la ressemblance et la dissemblance, lequel pique chacun par le mélange de pouvoir et de consentement vis-à-vis l'un de l'autre. Plutôt être seul au bout du monde que de voir mon ami surpasser d'un mot ou d'un regard sa réelle sympathie. Je suis également désappointé par l'antagonisme et par la complaisance.

Qu'il ne cesse pas un instant d'être lui-même. La seule joie que j'ai de ce qu'il est mien est que le *non mien* est *mien*. Je hais quand je cherche un appui viril, ou au moins une résistance virile, trouver une concession molle. Mieux vaut être une ortie auprès de votre ami que son écho. La condition que la haute amitié demande est de pouvoir s'en passer. Ce saint office exige des personnages majestueux et sublimes. Il faut d'abord qu'il y ait deux êtres vrais avant qu'il puisse y avoir une association vraie. Il faut des notes justes pour un bel accord. Que ce soit une alliance de deux vastes, formidables natures qui se sont mutuellement considérées, mutuellement craintes, avant de reconnaître la profonde identité qui les unit sous ces dissemblances.

Celui-là seul est digne d'une telle association qui est magnanime ; qui est sûr que la grandeur et la bonté sont un gain, et n'est pas prompt à s'immiscer dans sa destinée. Qu'il ne s'immisce pas. Laissez au diamant ses siècles pour se produire, et n'espérez pas accélérer les naissances de l'éternel. L'amitié veut un traitement religieux. Nous parlons de choisir nos amis, mais les amis s'élisent d'eux-mêmes. La vénération joue un grand rôle. Traitez votre ami comme un spectacle. Naturellement il a des mérites qui ne sont pas les vôtres, et que vous ne pouvez honorer s'il vous faut à tout prix l'étreindre dans vos murs. Tenez-vous à l'écart ; faites place à ses mérites ; qu'ils s'élèvent et se déploient. Etes-vous l'ami des boutons de votre ami ou de sa pensée ? Vis-à-vis d'un noble cœur vous serez encore un étranger dans mille détails que vous pourrez déjà l'approcher sur le terrain le plus saint. Laissez aux petites pensionnaires et aux collégiens de regarder un ami comme une propriété, et de vouloir aspirer un agrément insuffisant et destructeur, au lieu du plus noble bienfait.

Achetons notre entrée dans cette association par une longue épreuve. Pourquoi dépouillerions-nous de nobles et belles âmes de leur caractère sacré en forçant la porte ? Pourquoi vouloir brusquer des relations personnelles avec votre ami ? Pourquoi aller chez lui, ou connaître sa mère, ses frères ou ses sœurs ? Pourquoi recevoir sa visite ? Sont-ce des choses nécessaires à notre pacte ? Oublions ces attouchements et ces flatteries. Laissez-le être pour moi un esprit. Un message, un sentiment, une sincérité, un éclair de ses yeux, je veux, mais non des nouvelles ou du pot-au-feu. Je peux obtenir de la politique et des causeries de compassions à meilleur marché. La société de mon ami ne doit-elle pas m'être poétique, pure, universelle et majestueuse comme la nature elle-même ? Devrais-je sentir que notre lien est profane en comparaison de la nuée qui dort là-haut dans l'horizon, ou de l'herbe onduleuse qui divise le ruisseau ? Ne l'avilissons pas, mais élevons-le à cet étendard. Ce grand œil défiant, cette dédaigneuse beauté de son air et de ses manières, ne te pique pas de les adoucir en ton ami, mais fortifie-les plutôt et les rehausse. Honore ses supériorités, ne lui en souhaite pas moins en pensée, mais amasse-les et les révèle toutes. Garde-le comme ta contre-partie. Qu'il te soit à jamais une sorte de bel ennemi, indomptable, religieusement révéré, et non un objet commode et vulgaire qui doit bientôt être dépassé, et jeté à l'écart. Les nuances de l'opale et les feux du diamant ne peuvent se voir s'ils sont trop près des yeux. A mon ami j'écris une lettre, et de lui j'en reçois une. Cela vous semble peu de chose. Cela me suffit. C'est un don spirituel digne à lui de donner et à moi de recevoir. Il ne profane personne. Dans ces lignes ardentes le cœur se confie comme il ne le peut faire en paroles, et il exhale une prophétie d'existence plus divine que toutes les annales de l'héroïsme n'en ont encore vu s'accomplir.

Respectez assez les saintes lois de cette association pour ne pas nuire à la perfection de sa fleur par votre impatience à la voir s'ouvrir. Il faut commencer par être nous-mêmes. Il y a au moins cette satisfaction dans le crime, selon le proverbe latin : « Vous pouvez parler à votre complice en termes égaux ». *Crimen quos inquinat, æquat.* A ceux que nous admirons et aimons, d'abord nous ne le pouvons pas. Cependant le moindre défaut de calme gâte à mes yeux tous les rapports. Il ne peut jamais y avoir de paix profonde entre deux esprits, jamais de respect mutuel, jusqu'à ce que dans leur dialogue chacun représente le monde entier.

Une chose aussi grande que l'amitié, laissez-nous l'accomplir avec toute la grandeur d'esprit qui nous est possible. Soyons silencieux — que nous puissions entendre le chuchotement des dieux. N'intervenons pas. Qui vous a établi pour chercher ce qu'on doit dire aux âmes choisies, ou comment leur dire quoi que ce soit? Peu importe avec quelle ingéniosité, quelle grâce, ni quelle douceur. Les degrés de la folie et de la sagesse sont innombrables, et pour vous, parler, c'est être frivole. Attends, et ton cœur parlera. Attendez jusqu'à ce que le nécessaire et l'éternel vous subjuguent, jusqu'à ce que le jour et la nuit tirent parti de vos lèvres. La seule récompense de la vertu, c'est la vertu ; le seul moyen d'avoir un ami, c'est d'en être un. Vous n'approcherez pas plus un homme en entrant chez lui. Si elle est dissemblable, son âme n'en fuira que plus vite, et vous ne surprendrez jamais un éclair de son regard. Nous voyons le noble de loin, et il se répercute ; pourquoi empiéter sur ses rayonnements ? Tard — très tard — nous découvrons qu'aucun arrangement, aucune introduction, aucun usage, ni aucune habitude sociale ne servent à établir de telles relations entre nous et ceux qui nous les font désirer, mais seulement le même degré d'élévation de nature en nous et en eux ; alors, comme l'eau rejoint l'eau, nous nous rejoindrons ; et si nous ne les rejoignons pas alors, ils ne nous manqueront pas, car nous sommes presque eux-mêmes. Au fond l'affection n'est que le reflet de la valeur personnelle d'un homme sur un autre. Des amis ont quelquefois échangé leurs noms, comme s'ils avaient voulu exprimer qu'en son ami chacun aimait sa propre âme.

Plus on demande à l'amitié un style élevé, moins il est facile naturellement de l'établir avec la chair et le sang. Nous marchons seuls dans la vie. Des amis tels que nous en désirons sont des rêves et des fables. Mais un sublime espoir anime à jamais le cœur fidèle qu'ailleurs, en d'autres régions de l'universel pouvoir, des âmes en ce moment agissent, endurent et osent, lesquelles nous peuvent aimer, et que nous pouvons aimer. Nous pouvons nous féliciter de ce que la période de minorité, de folies, de bévues et de honte se passe dans la solitude, et quand nous serons des hommes accomplis, des mains héroïques se serreront. Soyez seulement averti par ce que vous voyez déjà de ne pas vous lancer dans des amitiés avec des personnes de peu de valeur, quand il ne peut pas y avoir d'amitié. Notre impatience nous fait tomber dans des alliances inconsidérées et sottes que nul Dieu ne contemple. En persistant dans votre voie, encore que vous perdiez peu de chose, vous gagnez le tout. Vous vous démontrez vous-même comme vous mettant hors d'atteinte de fausses relations, et vous attirez les premiers-nés du monde, ces rares pèlerins dont quelques-uns seuls errent tout de suite dans la nature, et devant qui le vulgaire ne paraît être que spectres et qu'ombres.

Insensée est la crainte de rendre nos liens trop spirituels, comme si nous pouvions ainsi perdre quelqu'ingénuité. La nature ne manquera pas d'affirmer toute correction intérieure de nos vues, et si elle semble nous frustrer de quelque joie, elle nous dédommagera par une joie plus grande. Éprouvons si nous le voulons l'isolement absolu de l'homme. Nous sommes sûrs d'avoir tout en nous-mêmes. Nous allons en Europe, nous suivons des personnes, ou nous lisons des livres dans la foi instinctive que cela nous révèlera à nous-mêmes. Mendicité. Les personnes sont telles que nous ; l'Europe, un vieux vêtement fané de personnes mortes ; les livres, leurs fantômes. Laissons tomber cette idolâtrie. Renonçons à cette mendicité. Disons même adieu à nos plus chers amis, et défions-les, disant : « Qui êtes-vous ? Desserrez ma main de la vôtre : Je ne veux plus être dépendant. » Ah ! ne vois-tu pas, ô frère, que nous ne nous quittons ainsi que pour nous revoir quand nous serons plus haut, et n'être que plus l'un à l'autre parce que nous serons plus à nous-mêmes? Un ami est un second Janus, — il regarde le passé et l'avenir. Il est l'enfant de mes heures écoulées, le prophète de celles à venir, et le précurseur d'un plus grand ami.

Je fais alors avec mes amis comme avec mes livres. J'aime à les avoir où je peux les trouver, mais j'en use rarement. Mettons notre société à condition, donnons-la ou retirons-la pour la plus légère cause. Je ne peux pas dépenser beaucoup de paroles avec mon ami. S'il est grand, il me grandit tellement que je ne peux m'abaisser à la conversation. Dans les grands jours, des pressentiments voltigent devant moi dans le firmament. Je devrais alors me consacrer à eux. J'entre pour les saisir, je sors pour les saisir. Je crains seulement de pouvoir les perdre s'enfuyant dans le ciel où ils ne sont qu'une lueur plus brillante. Alors, encore que j'attache du prix à mes amis, je ne peux pas me permettre de parler avec eux et d'étudier leurs visions, de peur de perdre les miennes. Cela me donnerait, il est vrai, une certaine joie confortable de quitter cette sublime recherche, cette astronomie spirituelle, cette perquisition d'étoiles, et de revenir à de chaudes sympathies; mais alors je sais bien que je pleurerai toujours la disparition de mes dieux forts. Il est vrai que la semaine prochaine je serai d'humeur languissante quand je pourrai m'occuper d'objets étrangers; alors je regretterai la littérature de votre âme, et je souhaiterai vous voir revenir auprès de moi. Mais si vous venez, peut-être n'emplirez-vous mon esprit que de nouvelles visions, non de vous, mais de vos splendeurs, et je ne serai pas plus en état que maintenant de causer avec vous. Ainsi je dois à mes amis ces communications passagères. Je reçois d'eux non ce qu'ils ont, mais ce qu'ils sont. Ils me donnent ce qu'à proprement parler ils ne peuvent donner, mais qui émane d'eux. Mais ils ne me retiendrons pas par quelque relation moins subtile et pure. Nous nous retrouverons comme ne nous retrouvant pas, et nous quitterons comme ne nous quittant pas.

Il m'a semblé dernièrement plus possible que je ne le savais de conduire une amitié glorieusement d'un côté sans due correspondance de l'autre. Pourquoi me désolerais-je à regretter que le destinataire soit indifférent ? Le soleil n'est jamais troublé parce que quelques-uns de ses rayons tombent infinis et vains dans l'espace ingrat, et seulement une faible partie sur la terre. Que l'exaltation de votre orgueil instruise le sauvage et froid companion. S'il est inférieur, il passera son chemin ; mais tu es agrandi par ton propre éclat, et, cessant d'être un compagnon pour les grenouilles et les vers de terre, tu prends ton essor et brûles avec les dieux de l'empyrée. C'est considéré comme un malheur d'aimer sans être aimé. Mais les grandes âmes verront que l'affection vraie ne peut pas ne pas être payée de retour. La vraie affection s'élève au-dessus de l'objet indigne, elle s'appuie et s'étend sur l'éternel, et quand le pauvre masque interposé tombe en morceaux, elle n'est pas triste, mais elle se sent délivrée d'autant de poussière, et sent son indépendance plus certaine. Toutefois ces choses peuvent à peine se dire sans une sorte de trahison à l'amitié. Son essence est la parfaite entente, une magnanimité et une confiance totales. Elle ne doit pas soupçonner ni se prémunir de l'infirmité. Elle traite ses objets comme des dieux, afin de diviniser l'un et l'autre.

Une goutte de sang vermeil
A plus de poids que les flots de la mer,
L'univers incertain va et vient,
Mais l'être primordial demeure :
Je me suis imaginé qu'il avait fui,
Et après de nombreuses années
La bienveillance inépuisable a rayonné
Comme le lever de soleil quotidien.
Et mon cœur n'avait plus d'inquiétude, —
O ami, dit mon âme,
A travers toi seul la voûte azurée s'éclaire,
Par toi la rose est rouge,
Toutes choses par toi prennent une beauté plus noble
Et regardent au-delà de la terre.
Le génie de notre destinée
Chemine au soleil de ta gloire :
Moi aussi, ta noblesse m'a enseigné
A maîtriser mon désespoir ;
Les sources de ma vie cachée
Sont claires au travers de ton amitié.

AMOUR

« J'étais un joyau caché ;
Mon rayon ardent me l'a révélé. »

Koran.

Chaque promesse de l'âme a des accomplissements innombrables ; chacune de ses joies mûrit dans un nouvel espoir. La nature aux espoirs infinis, ondoyante et fatidique, anticipe déjà dans le premier sentiment de tendresse un bienfait qui perdra sa lueur individuelle dans la clarté générale. On est initié à cette félicité par une relation personnelle et tendre de un à un qui est l'enchantement de la vie humaine ; qui, ainsi qu'un enthousiasme divin et passionné s'empare de l'homme en un temps de sa vie, et opère une révolution en son âme et en son corps; l'unit à sa race, l'engage aux relations privées et civiques, l'amène à de nouvelles sympathies avec la nature, rehausse le pouvoir des facultés, ouvre l'imagination, ajoute à son caractère des attributs héroïques et sacrés, établit le mariage, et perpétue la société humaine.

L'association naturelle du sentiment de l'amour avec l'ardeur de la jeunesse semble vouloir qu'on ne soit pas trop âgé afin de le peindre avec ses couleurs vives, et que tous jeunes gens et jeunes filles confessent reconnaître la peinture fidèle de leur expérience palpitante. Les délicieuses fantaisies de jeunesse rejettent la moindre senteur de philosophie mûre, comme si elle devait glacer de sa vieillesse et de son pédantisme leur fleur aux couleurs pourpres. Aussi je sais que j'encoure le blâme d'une dureté et d'un stoïcisme inutiles, de la part de ceux qui composent la Législature et le Parlement de l'Amour. Mais de ces formidables censeurs j'en appellerai à mes anciens. Car il est à considérer que cette passion dont nous parlons, bien qu'elle commence chez les jeunes, n'abandonne pas les vieux, ou plutôt ne souffre pas que ses vrais serviteurs vieillissent, mais en fait participants les vieillards non moins que la tendre jeunesse, quoique d'une façon différente et plus noble. Car c'est un feu qui jette ses premières étincelles dans le profond recoin d'un cœur solitaire, allumé lui-même par un rayon errant d'un autre cœur, s'embrase et s'étend jusqu'à ce qu'il réchauffe et couvre de ses rayons des multitudes d'hommes et de femmes, et le cœur universel de toutes choses, illuminant ainsi la nature et le monde entier de ses flammes généreuses. Il importe donc peu que nous tentions de décrire la passion à vingt, trente, ou quatre-vingts ans. Celui qui la peint à la première période perdra de ses plus tardifs symptômes, celui qui la peint à la dernière, de ses plus hâtifs. Seulement espérons que par la patience et l'aide des Muses, nous pourrons parvenir à cette vision intime de la loi, qui est une vérité jeune et charmante à jamais, si centrale qu'elle brillera aux yeux à quelqu'angle que l'on se place.

Et la première condition est que nous ne nous attachions pas trop étroitement et minutieusement aux faits, mais que nous étudiions le sentiment comme il se manifeste en espoir et non en détail. Car chacun voit sa propre vie amorphe et défigurée, comme n'est pas la vie de l'homme à son imagination. Chacun voit sa propre expérience entachée d'erreurs tandis que celle des autres semble idéale et pure. Laissez un homme retourner en pensée à ces relations délicieuses qui sont la beauté de sa vie, et lui ont donné l'instruction et la nourriture les plus pures, il tressaillira et gémira. Hélas! je ne sais pourquoi, mais des remords infinis remplissent d'amertume à l'âge mûr les souvenirs de joie naissante, et enveloppent tout nom bien-aimé. Tout est ravissant intellectuellement, comme vérité. Mais tout est âpre à l'expérience. Les détails sont mélancoliques, quand l'ensemble est gracieux et noble. Dans le monde actuel — ce laborieux empire du temps et de l'espace —

habitent le souci, la maladie et la crainte. Au sentiment et à l'idéal est liée l'immortelle gaieté, la fleur de joie, toutes les Muses chantent à l'entour, mais la douleur est attachée aux noms, aux personnes, et aux intérêts d'hier et d'aujourd'hui.

La forte inclination de la nature se trahit par la proportion que prend dans la conversation le thème de ces rapports uniques. Que souhaitons-nous davantage savoir d'une personne de valeur que la fin de son histoire d'amour? Quels livres sont en circulation chez le libraire? Comme ces romans d'amour nous enflamment quand l'histoire est racontée avec une étincelle de vérité et de naturel ! Et qu'est-ce qui excite l'attention dans les relations de la vie, comme un événement qui trahit de l'inclination entre deux personnes? Peut-être ne les avions-nous encore jamais vues, et ne les reverrons-nous plus jamais. Mais nous les voyons échanger un regard lumineux, ou trahir une émotion profonde, et elles ne nous sont plus étrangères. Nous les comprenons et nous portons le plus vif intérêt au développement du roman. Tout homme aime l'amour. Les premières démonstrations de complaisance et de tendresse sont les fleurs les plus séduisantes de la nature. C'est l'aurore de la civilisation et de la grâce en l'inhabile rustaud. Le gamin du village taquine les petites filles à la sortie de l'école ; mais aujourd'hui, il accourt à l'entrée, et rencontre une enfant gracieuse rangeant son petit sac ; il lui tient ses livres pour l'aider, et à l'instant il lui semble qu'elle s'éloigne infiniment et est un temple sacré. Parmi la foule de jeunes filles il circule assez sans façon, mais une seule lui en impose ; et ces deux petits voisins qui se bousculaient tout à l'heure, ont appris à respecter la personnalité l'un de l'autre. Ou qui peut détourner ses yeux des manières engageantes, demi-artificieuses et demi-naïves des écolières qui vont dans la campagne acheter un écheveau de soie ou une main de papier, et parlent une demi-heure au sujet de rien avec le garçon de magasin au large visage et au bon naturel? Au village ils sont sur un pied de parfaite égalité, ce que l'amour aime, et sans aucune coquetterie la nature heureuse et affectionnée de la femme s'épanche en ce joli bavardage. Elle peut n'être pas jolie, néanmoins elle établit simplement entre elle et le bon garçon les rapports les plus agréables et confiants, avec son humour au sujet d'Edgar, et de Jonas, et d'Almira, et de qui était invité à la partie, et de qui dansait à l'école de danse, et de quand allait commencer l'école de chant, et d'autres riens sur lesquels on jase. Bientôt ce garçon veut une femme et il saura très véritablement et de tout son cœur où trouver une pure et douce compagne sans aucun de ces risques tels que Milton déplore être attachés aux érudits et aux grands hommes.

Il m'a été dit que dans quelques-uns de mes discours publics ma vénération pour l'intellect m'a fait injustement battre froid aux relations personnelles. Mais maintenant je recule presque devant le souvenir d'une telle accusation. Car les gens sont le royaume de l'amour, et le philosophe le plus froid ne peut pas faire le rapport de la dette d'une jeune âme errant ici-bas dans la nature au pouvoir de l'amour sans être tenté de rétracter tout dénigrement comme crime de lèse-majesté envers elle. Car, encore que le divin ravissement descendant du ciel ne s'empare que des jeunes, et qu'il soit d'une beauté surpassant toute analyse et toute comparaison, nous mettant tout-à-fait hors de nous-mêmes et que nous pouvons rarement voir passé trente ans, le souvenir de ces visions survit à tous les souvenirs, et est une couronne de fleurs sur les plus vieux fronts. Mais il se passe un fait étrange; il peut sembler à plusieurs en révisant leur expérience, qu'ils n'ont pas de plus belle page dans le livre de leur vie que la délicieuse mémoire de certains événements où l'affection répandait sur le détail d'une circonstance accidentelle et insignifiante une magie surpassant la profonde attraction de sa propre vérité. En regardant en arrière, ils peuvent découvrir que différentes choses, qui n'étaient pas le charme, sont plus réelles à leur mémoire tâtonnante que le charme même qui les embaumait.

Mais quelle que soit l'expérience dans les détails, nul n'oublia jamais la visitation de cette force en son cœur et son esprit, qui créa toutes choses nouvelles ; qui fut l'aube de la musique en lui, de la poésie et de l'art ; qui faisait de la nature un rayonnement de clartés radieuses, du matin et du soir des enchantements variés ; quand le simple son d'une voix pouvait faire bondir le cœur, et que les circonstances les plus insignifiantes associées à certaine forme gracieuse ambrent le souvenir ; quand il devenait tout yeux en certaine présence, et tout souvenir en son absence ; quand la jeunesse se met à guetter aux fenêtres, et devient studieuse d'un gant, d'un voile, d'un ruban ou des roues d'une voiture ; quand nul espace n'est trop solitaire, et nul trop silencieux pour celui qui a une société plus abondante et une conversation plus douce avec ses nouvelles pensées que nul ancien ami, fût-ce le meilleur et le plus pur, ne peut lui donner ; car les silhouettes, les mouvements, et les mots de l'objet bien-aimé ne sont pas comme les autres images écrits en eau, mais, ainsi que le disait Plutarque, « émaillés au feu », et font la méditation de minuit.

« Tu n'es pas loin étant loin, en quelque lieu
[que tu sois,
Tu laisses en lui tes yeux attentifs, et ton
[cœur aimant. »

Au midi et au soir de la vie nous palpitons encore à la mémoire de jours où le bonheur n'était pas assez heureux, mais devait être assaisonné de douleur et de crainte; car il a deviné le secret, celui qui a dit de l'amour —

« Toutes les autres joies ne valent pas ses
[peines, »

et quand le jour n'était pas assez long, mais que la nuit même devait se consumer en poignants souvenirs, que la tête brûlait sur l'oreiller dans l'analyse du sentiment généreux ; quand le clair de lune était une exaltation ravissante, les étoiles un message, et les fleurs des initiales entrelacées, quand l'air chantait, que toute occupation semblait une impertinence, et les hommes et les femmes allant et venant dans la rue de simples magies.

La passion rebâtit le monde à son hôte. Elle rend toutes choses vivantes et significatives. La nature devient consciente. Le chant de tous les oiseaux dans les branches lui va maintenant au cœur et à l'âme. Les notes sont presqu'articulées. Les nuages ont de l'expression comme il y fixe les yeux. La forêt d'arbres, l'herbe qui s'agite, et les fleurs commençant à paraître sont devenues intelligentes ; et il craint presque de leur confier le secret qu'elles semblent l'inviter à trahir. Cependant la nature caresse et sympathise. Dans la verte solitude il a un home plus doux qu'auprès des hommes.

« Sources et bois sans chemins frayés,
Endroits que la passion pâle aime,
Sentiers éclairés par la lune, quand tous les [oiseaux
Sont couchés, hormis la chauve-souris et la [chouette ;
Une cloche de minuit, un grognement fugitif,
Voilà les harmonies desquelles nous vivons. »

Voyez dans ces bois le fou magnifique ! Il a des visions suaves et chantantes ; il s'élève ; il est deux fois un homme ; sa démarche est royale ; il parle au sentier solitaire ; il accoste les herbes et les arbres ; il sent la vie de la violette, du trèfle, et du lis dans ses veines ; et il cause avec le ruisseau qui lui mouille les pieds.

Le feu qui a développé sa perception de la beauté lui a fait aimer la musique et la poésie. C'est un fait souvent observé que des hommes ont écrit de bons vers sous l'inspiration de l'amour, qui ne le pouvaient dans aucune autre circonstance.

La même force étend sa flamme sur toute sa nature. Elle épanouit le sentiment ; elle adoucit l'intraitable, et donne du cœur au timide. Au plus faible et au plus méprisable elle inspire le courage de défier le monde, s'il a seulement l'appui de l'objet bien-aimé. En le donnant à un autre, elle le rend à lui-même. C'est un homme nouveau, qui a des perceptions nouvelles, un but nouveau et plus intense, et une religieuse solennité de caractère et d'intentions. Il n'appartient plus à sa famille ni à la société ; *il* est quelque chose ; *il* est quelqu'un ; *il* est une âme.

Et maintenant examinons d'un peu plus près la nature de cette influence qui est si puissante sur la jeunesse. La Beauté dont nous célébrons en ce moment la révélation aux hommes, bienvenue comme le soleil partout où il lui plaît de briller, qui rend fier d'elle et de soi-même, paraît se suffire à elle-même. Le jeune homme ne peut pas s'imaginer celle qu'il aime pauvre et solitaire. Mais telle qu'un arbre en fleurs, aussi délicate, aussi printannière, d'un charme qui est une société, et elle lui apprend pourquoi la Beauté fut représentée avec des Amours et des Grâces veillant sur ses pas. Son existence enrichit le monde. Bien qu'elle détourne son attention de toutes les autres personnes qui lui semblent insignifiantes, elle le dédommage en se faisant quelque chose d'impersonnel, de grand, d'universel, de sorte que la jeune fille représente pour lui le symbole des vertus et de toutes les choses qui sont belles. Voilà pourquoi il ne voit jamais choses les plus excellentes qui ont de ressemblance entre elle et les siens ou d'autres. Ses amis lui en trouvent avec sa mère, ses sœurs, ou des gens qui ne lui sont pas parents. Lui n'en voit aucune, si ce n'est aux soirs d'été et aux matins transparents, aux arcs-en-ciel et au chant des oiseaux.

Les anciens appelaient la beauté la fleur de vertu. Comment analyser le charme indicible qui brille d'un visage sur l'autre? Nous sommes touchés par des émotions de tendresse et de joie, mais nous ne pouvons pas découvrir d'où cette émotion délicate, ce rayon errant. L'imagination se refuse à ne l'attribuer qu'à la forme visible. Non plus ne peut-on l'attribuer à aucuns rapports d'amitié ou d'amour connus et décrits dans la société, mais, il me semble, à une sphère tout autre et inaccessible, à des rapports d'une délicatesse et d'une suavité transcendantes, à ce que les roses et les violettes augurent à demi-mot. Nous ne pouvons pas approcher la beauté. Sa nature est comme l'éclat opalin et changeant d'un plumage, elle voltige et s'évanouit. En cela elle ressemble aux toutes ce caractère chatoyant, défiant toutes les tentations d'appropriation et d'usage. Jean-Paul Richter exprimait-il autre chose quand il disait à la musique : « Va-t-en ! va-t-en ! tu me parles de choses que je n'ai pas trouvées durant toute ma vie, et que je ne trouverai pas. » La même fluidité s'observe dans toutes les œuvres de l'art plastique. La statue est belle alors qu'elle commence à être incompréhensible, en dehors de la critique et ne peut plus se définir par le compas et la mesure, mais demande une imagination active qui trouve l'acte qu'elle représente. Le dieu ou héros du sculpteur est toujours représenté dans une transition entre ce qui est à la portée des sens et ce qui ne l'est pas. Alors seulement il cesse d'être en pierre. La même cho e se remarque en peinture. Et en poésie, le succès n'est pas atteint quand elle berce et satisfait, mais quand elle étonne et nous embrase en nous inspirant de nouveaux efforts vers l'inaccessible. Touchant quoi Landor se demande « si cela ne se rattache pas à quelque plus pur état de sensation et d'existence. »

Telle une beauté personnelle charme et est elle-même alors seulement qu'elle ne nous laisse satisfaits d'aucune conclusion ; qu'elle devient une histoire qui ne se peut finir ; qu'elle suggère des lueurs et des visions, et non des satisfactions terrestres ; qu'elle fait sentir au contemplateur son indignité ; qu'il ne peut s'y reconnaître aucun droit, fût-il César ; qu'il ne s'y sent pas plus de droit qu'au firmament et aux splendeurs d'un soleil couchant.

Ici la voix s'est élevée, « Si je vous aime, que vous importe ? » Nous parlons ainsi parce que nous sentons que ce que nous aimons n'est pas en votre pouvoir, mais au-dessus. Ce n'est pas vous, mais votre splendeur. C'est ce que vous ne savez pas, et ne pouvez savoir.

Cela s'accorde avec cette haute philosophie de la Beauté dans laquelle se délectaient les anciens, car ils disaient que l'âme, ici-bas revêtue d'un corps, allait errant çà et là à la recherche de cet autre monde à elle, hors duquel elle vint dans le nôtre, mais était bientôt stupéfiée par la lumière du soleil naturel, et incapable de voir autre chose que les objets de ce monde, qui ne sont que l'ombre des réalités. Voilà pourquoi la Divinité présente à l'âme la gloire de la jeunesse, afin qu'elle tire parti de sa beauté pour l'aider à se ressouvenir des biens et des beautés célestes; et l'homme voyant ainsi une femme court à elle, et trouve la plus sainte joie à contempler sa beauté, ses mouvements, et son intelligence, parce que cela lui suggère ce que cette beauté recèle, et ce qui en est la cause.

Si toutefois pour s'être trop attachée aux objets matériels, l'âme est stupide, et place sa satisfaction dans la beauté visible, elle ne récolte rien que de la tristesse, la beauté terrestre étant impuissante à remplir sa promesse; mais si, acceptant l'insinuation de ces visions et suggestions, l'âme passe à travers le corps, s'abandonne à l'admiration ardente des traits du caractère, et que les jeunes gens se contemplent l'un l'autre en leurs discours et leurs actions, alors ils entrent dans le vrai palais de la beauté, en embrasant leur amour de plus en plus, et par cet amour, éteignant l'affection égoïste comme le soleil éteint le feu en brillant sur l'âtre, ils deviennent purs et bénis. Dans le tête-à-tête avec ce qui est en soi excellent, magnanime, doux et vertueux, ils arrivent à un plus véhément amour de ces noblesses, et à à une plus rapide compréhension. Alors en les aimant chez quelqu'un ils en viennent à les aimer chez tous, et ainsi une seule âme est la porte par laquelle ils entrent dans la société de toutes les âmes vraies et pures. Dans l'intimité ils arrivent à voir plus clairement chaque altération, chaque tache que leur beauté a contracté en ce monde, et savent se les signaler avec une joie mutuelle de pouvoir maintenant sans offense, se désigner l'un à l'autre leurs défauts et leurs obstacles, et s'aider, se conforterl 'un l'autre en se guérissant. Contemplant dans maintes âmes les traits de la beauté divine, et séparant dans chacune ce qui est divin des souillures qu'elle a contractées en ce monde, ils s'élèvent au plus complet ravissement, à l'amour et la connaissance de la Divinité par les degrés de cette échelle d'âmes créées.

Les sages de tous les temps nous ont parlé tant soit peu ainsi de l'amour. La doctrine n'est ni vieille ni jeune. Si Platon, Plutarque et Apulée l'ont enseignée, Pétrarque, Angelo et Milton aussi. Il attend une révélation nouvelle en opposition et en blâme contre cette souterraine prudence qui préside aux mariages avec des mots adoptés dans le grand monde, pendant qu'un œil rôde autour du cellier, de sorte que ses plus graves discours ont une odeur de garde-manger. Plus triste encore quand ce matérialisme intervient dans l'éducation des femmes, et flétrit l'espérance et la tendresse de la nature humaine, enseignant que le mariage ne signifie rien que l'économie d'une ménagère, et que la vie de la femme n'a pas d'autre but.

Mais ce rêve d'amour encore que ravissant n'est qu'une scène de notre spectacle. L'âme dans sa marche du dedans au dehors étend ses cercles à l'infini, comme un caillou lancé dans un étang, ou la clarté venant d'un orbe. Les rayons de l'âme tombent d'abord sur les choses les plus proches, sur chaque objet et sur chaque rien, sur les domestiques, sur la maison, et la cour, et les passants, sur le cercle des amis de la famille, sur la politique, la géographie et l'histoire. Mais les choses vont toujours se groupant suivant des lois plus élevées ou plus intérieures. L'entourage, les dimensions, les quantités, les habitudes, les personnes, perdent peu à peu leur pouvoir sur nous. La cause et l'effet, les vraies affinités, l'ardent espoir d'une harmonie entre l'âme et les événements, l'instinct progressif créateur d'idées, prédomine plus tard, et un pas en arrière du plus élevé au moins élevé est impossible. Ainsi même l'amour qui est la déification des personnes doit devenir plus impersonnel chaque jour. Il ne le donne pas tout de suite à entendre. Les jeunes gens qui se lancent des regards au travers d'appartements foulés, les yeux si pleins d'intelligence mutuelle, pensent peu au fruit précieux à venir de ce stimulant nouveau et extérieur. Dans la végétation l'écorce et les bourgeons reçoivent d'abord les rayons du soleil. Des coups-d'œil échangés ils en viennent aux actes de courtoisie, de galanterie, puis à la passion ardente, à l'engagement de la foi, et au mariage.

La passion regarde son objet comme une parfaite unité. L'âme est unie au corps, et le corps à l'âme.

« Son sang pur et éloquent
Parlait à ses joues si distinctement
Qu'on eût presque dit qu'il pensait. »

Roméo mort devrait être taillé en petites étoiles pour embellir les cieux. La vie de ce couple n'a pas d'autre but, ne demande pas autre chose que Juliette, que Roméo. La nuit, le jour, les études, les talents, les royaumes, la religion, sont contenus dans cette beauté remplie d'âme, dans cette âme qui est toute beauté. Quand on s'aime, on vit de tendresses, d'aveux, de comparaisons. Seul, on se console avec l'image de l'autre. Cet autre voit-il la même étoile, est-il touché par le même nuage, lit-il le même livre, sent-il la même émotion qui en ce moment me charme ? On éprouve et on mesure son amour, et, additionnant les avantages, les amis, les opportunités, les convenances, on exulte en découvrant que volontairement, joyeusement, on donnerait tout en rançon pour la tête charmante et bien-aimée dont pas un cheveu ne sera touché. Mais en ces choses la plupart des hommes ne sont que des enfants. Le danger, la tristesse et la douleur leur arrivent, comme à tous. L'amour prie. Il traite avec l'Eternel Pouvoir en faveur du cher compagnon. Une telle union qui ajoute un nouveau prix à chaque atome dans la nature, car elle métamorphose chaque fil d'un bout à l'autre du tissu des événements en un rayon d'or, et baigne l'âme dans un nouvel et plus doux élément, une telle union n'est cependant qu'un état temporaire. Ce n'est pas toujours que les fleurs, les perles, la poésie, les protestations, ni même le chez soi dans un autre cœur, peuvent satisfaire l'âme solennelle revêtue de poussière. Elle finit par s'éveiller de ces tendresses comme d'un jeu, revêt le harnais et aspire à des buts vastes et universels. L'âme qui est dans l'âme de chacun, implorant une parfaite béatitude, découvre des écarts, des défauts et de la disproportion dans la conduite de l'autre. De là viennent la surprise, l'accusation et la douleur. Cependant ce qui les avait attiré l'un à l'autre étaient des expressions de grâce et de vertus ; et ces vertus sont là, encore qu'éclipsées. Elles apparaissent et réapparaissent, et continuent à attirer, mais l'attention change, abandonne le signe et s'attache à la substance. Cela répare l'affection blessée. Et la vie, comme elle s'écoule, se trouve être un jeu de permutation et de combinaison de toutes les situations possibles de chacun pour employer toutes les ressources l'un de l'autre, et faire connaître à chacun la force et la faiblesse de l'autre. Car c'est la nature et le but de cette relation qu'ils se représentent la race humaine l'un à l'autre. Tout ce qui est dans le monde, qui est ou devrait être connu, est habilement façonné dans la texture de l'homme, de la femme.

« La personne que l'amour nous révèle,
Comme la manne, a le goût de toutes choses
[en elle. »

Le globe roule ; l'état des choses

varie d'heure en heure. Les anges qui habitent ce temple qu'on nomme le corps apparaissent aux fenêtres, et aussi les gnomes et les vices. Toutes les vertus concourent. S'il y a vertu, tous les vices sont connus comme tels ; ils se confessent et s'enfuient. Les sentiments qui furent une fois brûlants sont calmés par le temps dans le cœur de chacun, et, perdant en violence ce qu'ils gagnent en étendue, deviennent une entente achevée. Ils se confient l'un à l'autre sans plainte les bons offices que l'homme et la femme sont distinctement appelés à remplir en temps, et échangent la passion qui autrefois ne pouvait perdre de vue son objet, contre un appui joyeux et libre des desseins l'un de l'autre, dans la présence ou dans l'absence. Enfin ils découvrent que tout ce qui d'abord les attira, — ces traits une fois sacrés, ce magique jeu de charmes, — avait une suite à venir, comme l'échafaudage à l'aide duquel fut bâtie la maison ; et la purification de l'intelligence et du cœur, d'année en année, est le vrai mariage dont ils n'avaient nullement conscience. Considérant ces buts avec lesquels deux personnes, un homme et une femme, si diversement et si corrélativement inspirés sont enfermés dans une maison pour passer dans l'union conjugale quarante ou cinquante années, je ne m'étonne pas de l'emphase avec laquelle le cœur prédit cette crise dès la tendre enfance, de la prodigue beauté que l'instinct fait jeter sur l'arceau nuptial, ni de voir la nature, l'intelligence et l'art rivaliser dans les présents et la mélodie qu'ils apportent à l'épithalame.

Ainsi nous nous préparons à un amour qui ne connaît ni sexe, ni personne, ni partialité, mais qui cherche la vertu et la sagesse partout en vue de leur accroissement. Nous sommes par nature des observateurs, et par ce moyen des élèves. C'est notre état permanent. Mais nous sommes souvent amenés à sentir que nos affections sont seulement des tentes pour une nuit. Quoique lentement et avec peine, les objets de l'affection changent, ainsi que les objets de la pensée. Il y a des moments où les affections animent et absorbent l'homme, et font dépendre son bonheur d'une ou plusieurs personnes. Mais tout à l'heure l'esprit se remet, sa voûte arquée, où luit la voie lactée aux clartés immuables, et les amours et les craintes qui glissaient au-dessus de nous comme des nuages doivent perdre leur caractère limité, et se fondre avec Dieu pour atteindre leur perfection.

Mais il ne faut pas craindre que nous puissions rien perdre dans le voyage de l'âme. On peut se fier à l'âme jusqu'à la fin. Ce qui est aussi beau et attrayant que ces relations ne doit être succédé et supplanté que par ce qui est plus beau, et ainsi de suite à jamais.

ART

Donnez aux tombes, aux auges, et aux écuelles
La grâce et l'éclat tremblant d'une romance ;
Apportez le clair de lune au milieu du jour
Caché dans les tas de pierres luisantes ;
Dans la rue pavée de la ville
Plantez des jardins couverts de lilas blanc ;
Raffraichissez l'air de sources jaillissantes
Chantant dans le square trop ensoleillé ;
Que la statue, le tableau, le parc et le hall,
La ballade, le drapeau, et la fête
Restituent le passé, ornent le jour présent,
Et que chaque jour soit un nouveau matin.
Ainsi l'ouvrier en blouse poudreuse
Discernera derrière l'horloge de la cité
Des cortèges de rois aériens,
Des vêtements d'anges, des ailes éclatantes,
Ses pères brillant dans des fictions glorieuses,
Ses enfants nourris aux tables divines.
C'est le privilège de l'Art
De jouer ainsi son joyeux rôle
Pour acclimater l'homme sur la Terre,
Et plier l'exilé à son sort,
Et, formé d'un élément
Avec les jours et le firmament,
Lui enseigner à s'en servir comme de marches
[pour monter
Et vivre en intelligence avec le Temps ;
Pendant que la vie supérieure emplit
Le petit ruisseau de la raison humaine.

Parce que l'âme est progressive elle ne se répète jamais tout-à-fait, mais dans tous ses actes elle tente la production d'un nouvel et plus grand tout. Cela paraît dans les ouvrages de l'art utile et de l'art joli, si nous faisons la distinction populaire des œuvres suivant que leur but est l'utilité ou la beauté. Ainsi dans les beaux arts non l'imitation, mais la création est le but. Dans le paysage le peintre doit donner la suggestion d'une création plus belle que celle que nous connaissons. Les détails, la prose de la nature, il doit les oublier, et ne nous en donner que l'esprit et la splendeur. Il doit savoir que le paysage a de la beauté à ses yeux parce qu'il exprime une pensée qui lui est chère ; et cela, parce que le même pouvoir qui voit à travers ses yeux est dans ce spectacle ; et il en viendra à évaluer l'expression de la nature et non la nature elle-même, et ainsi à exalter dans sa copie les traits qui le charment. Il donnera les ténèbres des ténèbres et la lumière de la lumière. Dans un portrait il doit décrire le caractère et non les traits, et penser que l'homme qui se tient devant lui n'est comme lui-même qu'une imparfaite image ou ressemblance de l'homme intérieur aux nobles aspirations.

Qu'est cet abrégé, cette sélection que nous observons dans toute activité spirituelle, sinon l'impulsion créatrice? car c'est l'entrée dans cette sphère illuminée où l'on apprend à communiquer un sens plus grand à de naïfs symboles. Qu'est un homme sinon la plus belle explication de la nature? Qu'est-il sinon un paysage plus délicat et plus condensé — l'éclectisme de la nature? et qu'est sa parole, son amour de la peinture, de la nature, sinon un succès meilleur encore? tous les fastidieux milles et mètres cubes laissés de côté et leur esprit rendu par un mot musical ou le plus habile coup de crayon?

Mais l'artiste doit se servir des symboles en usage dans son temps et dans sa nation pour communiquer ses sensations développées à ses semblables. Ainsi le nouvel art sort toujours de l'ancien. Le Génie de l'Heure met son sceau ineffaçable sur l'œuvre et lui donne un charme inexpressible pour l'imagination. Autant le caractère spirituel de l'époque domine l'artiste et prend d'expression dans son œuvre, autant il gardera une certaine grandeur, et représentera aux futurs observateurs l'Inconnu, l'Inévitable, le Divin. Nul ne peut tout-à-fait exclure cet élément de Nécessité dans son travail. Nul ne peut tout-à-fait s'émanciper de son siècle et de son pays, et produire une œuvre où l'éducation, la religion, la politique, les usages et les théories de son temps n'auront aucune part. Quelque original, quelque volontaire et fantasque soit-il, il ne peut pas préserver son travail de toute trace des idées au milieu desquelles il a grandi. L'annulation même trahit l'usage qu'il annule. Au-dessus de sa volonté et de sa connaissance il est contraint par l'air qu'il respire et l'idée dans laquelle lui et ses contemporains vivent et travaillent, de partager la manière de son temps sans savoir ce qu'est cette manière. Or ce qui est inévitable dans l'œuvre a un charme plus élevé que celui que peut jamais donner le talent individuel, d'autant que la plume ou le ciseau de l'artiste semble avoir été tenu et guidé par une main gigantesque pour inscrire une ligne dans l'histoire de la race humaine. Ce point de vue donne une valeur aux hiéroglyphes égyptiens, aux idoles Indiennes, Chinoises, et Mexicaines quelque grossières et informes. Elles dénotent la hauteur de l'âme humaine de cette heure là, et n'étaient pas fantastiques, mais nées d'une nécessité profonde comme l'infini. Ajouterai-je que c'est à ce point de vue que toute la production de l'art plastique a sa plus haute valeur, *comme histoire;* comme un trait dessiné sur le portrait de ce destin parfait et superbe suivant l'ordination duquel tous les êtres s'avancent vers leur béatitude.

Ainsi vu historiquement ç'a été l'office de l'art d'éclairer la perception de la beauté. Nous sommes submergés de beauté, mais nos yeux ne la voient pas clairement. Il faut que l'exposition de quelques traits assiste et guide le goût dormant. Nous sculptons et peignons ou nous contemplons ce qui est sculpté ou peint comme des étudiants du mystère de la Forme. La vertu de l'art est dans le détachement, la séparation d'un objet de l'embarrassante variété. Jusqu'à ce qu'une chose soit sortie de l'assemblement des choses, il peut y avoir jouissance, contemplation, mais non pensée. Notre bonheur et notre malheur sont improductifs. L'enfant vit dans une charmante extase, mais son caractère individuel et sa force pratique dépendent de ses progrès journaliers dans la séparation des choses, et l'emploi de chacune séparément. L'amour et toutes les passions concentrent tout ce qui existe en une seule forme. C'est l'habitude de certains esprits de donner une abondance surpassant tout à l'objet, la pensée, le mot sur lesquels ils tombent, et d'en faire pour un temps les députés du monde. Ceux-là sont les artistes, les orateurs, les conducteurs de la société. Le pouvoir de détacher et de magnifier en détachant est l'essence de rhétorique dans les mains de l'orateur et du poète. Cette rhétorique, ou pouvoir de fixer l'éminence momentannée d'un objet, — si remarquable chez Burke, chez

Byron, chez Carlyle, — se manifeste par les mains du peintre et du sculpteur en couleur et en pierre. Ce pouvoir dépend de la profondeur de vue intérieure de l'artiste sur l'objet qu'il contemple. Car tout objet a ses racines au centre de la nature, et peut par conséquent être exhibé de manière à nous représenter l'univers. C'est pourquoi toute œuvre de génie est le tyran de l'heure et concentre l'attention. Pour un temps c'est la seule chose à faire valant la peine d'être nommée, — que cela soit un sonnet, un opéra, un tableau, une statue, un discours, le plan d'un temple, d'une campagne, ou d'un voyage de découvertes. Tout à l'heure nous passerons à un autre objet qui s'arrondira en un tout comme fit le premier ; par exemple, un jardin bien planté : et il semblera que la seule occupation valable est de disposer des jardins. Je penserais que le feu est la meilleure chose dans le monde si je ne connaissais pas l'air, l'eau, et la terre. Car c'est le droit et le propre de toute chose vraie, de tout talent réel, de toute qualité native, d'être à son moment la cîme du monde. Un écureuil bondissant de branche en branche et faisant de la forêt un grand arbre pour son amusement rassasie les yeux non moins qu'un lion, — est beau, suffisant, et alors, là, représente la nature. Une jolie ballade entraîne mon oreille et mon cœur autant qu'un poème épique. Un chien représenté par un maître ou une nichée de petits cochons satisfait et est une réalité non moins que les fresques d'Angelo. Par cette succession d'objets nous finissons par aprendre quelle est l'immensité du monde, l'opulence de la nature humaine qui peut s'étendre à l'infini, dans toutes les directions. Mais j'apprends aussi que ce qui m'a étonné et fasciné dans la première œuvre m'a aussi étonné dans la seconde, que l'excellence de toutes choses est une.

L'office de peindre et de sculpter semble être simplement initial. Les meilleures peintures nous disent facilement leur dernier secret. Elles sont d'ignorantes ébauches d'un peu des miraculeux points, des lignes et des teintes qui composent le paysage aux formes toujours changeantes au milieu duquel nous vivons. La peinture semble être pour l'œil ce que la danse est pour les membres. Quand elle a inculqué à la structure la possession d'elle-même, la légèreté, la grâce, il vaut mieux oublier les pas du maître de danse ; ainsi la peinture me montre la splendeur de la couleur et l'expression de la forme, et, en voyant beaucoup de peintures et un génie des plus grands dans l'art, je vois l'opulence illimitée du crayon, l'indifférence où se trouve l'artiste libre de choisir entre les formes possibles. S'il peut tout peindre, pourquoi rien peindre ? et alors s'ouvrent mes yeux à l'éternel tableau de la nature dans la rue où se meuvent des hommes et des enfants, des mendiants, et des élégantes, drapés dans du rouge, du vert, du bleu, du gris ; aux cheveux longs, grisonnants, au visage pâle, au visage noir, au visage ridé, géants, nains, larges, sylphidiques, — couverts et entourés de ciel, de terre et de mer.

Une galerie de sculpture apprend plus austèrement la même chose. Comme la peinture apprend le coloris, la sculpture apprend l'anatomie de la forme. Quand j'ai vu de belles statues et que j'entre ensuite dans une assemblée publique, je comprends ce qu'entendait celui qui disait, « quand j'ai lu Homère, tous les hommes m'ont l'air de géants. » Je vois aussi que la peinture et la sculpture sont la gymnastique de l'œil, son éducation des délicatesses et des curiosités de sa fonction. Il n'y a pas de statue comme cet homme vivant, avec son avantage infini de variété perpétuelle sur toute sculpture idéale. Quelle galerie d'art j'ai là ! Celui qui a fait ces groupes variés et ces divers et originaux personnages ne travaillait pas d'une manière uniforme. Voilà l'artiste improvisant lui-même, farouche et joyeux, à son bloc. Une pensée le frappe, puis une autre, et à chaque instant il change toute l'attitude, l'air, et l'expression de son enveloppe mortelle. Enlevez vos niaiseries d'huile et de chevalets, de marbre et de ciseaux : à moins que cela n'ouvre vos yeux aux puissances de l'art éternel, c'est une hypocrite absurdité.

La référence finale de toute production à un Pouvoir primitif explique les traits communs à toutes les œuvres d'art élevé, — l'intelligibilité universelle ; le rétablissement de nos états d'esprit les plus simples ; et la religion. Si l'art qui s'y montre fait réapparaître l'âme originale, un jet de clarté pure, il doit faire une impression semblable à celle que font les objets naturels. Aux heures heureuses, la nature nous apparaît une avec l'art ; l'art perfectionné ; l'œuvre du génie. Et l'individu en qui les simples goûts et la propriété de recevoir l'impression de toutes les grandes influences humaines dominent les accidents d'une culture locale et spéciale, est le meilleur critique d'art. Quoique nous parcourions le monde pour trouver le beau, il nous faut le porter avec nous, ou nous ne le trouvons pas. Le meilleur de la beauté est un charme plus subtil que ne peut jamais donner l'habileté dans les surfaces, dans les contours, ou les règles de l'art ; savoir, un rayonnement de l'œuvre d'art du caractère humain, — une merveilleuse expression à travers la pierre, la toile, ou le son musical, des plus profonds et des plus simples attributs denotre nature, et il est pour cette raison plus intelligible aux âmes qui ont ces attributs. Dans la sculpture des Grecs, dans la maçonnerie des Romains, et la peinture des maîtres Toscans et Vénitiens, le plus grand charme est ce langage universel. Une confession de nature morale, de pureté, d'amour et d'espoir s'en exhale. Ce que nous y apportons, nous le remportons mieux illustré dans la mémoire. Le voyageur qui visite le Vatican et passe de chambre en chambre par des galeries de statues, de vases, de sarcophages, et de candélabres, toutes ces formes de beauté sculptées dans les plus riches matériaux, est en danger d'oublier la simplicité des principes d'où elles ont jailli, et qu'elles tiraient leur origine de pensées et de lois qu'il a en son cœur. Il étudie les règles techniques sur ces admirables débris, mais oublie qu'ils n'étaient pas toujours ainsi groupés; qu'ils sont la contribution de beaucoup de siècles et de pays; que chacun sortit du solitaire atelier d'un artiste qui travailla peut-être dans l'ignorance de tout autre sculpture, créa son œuvre sans autre modèle que la vie, la vie de la famille, et la douceur et le poignant des relations personnelles, des battements du cœur, des yeux qui se rencontrent, de la pauvreté, de la nécessité, de l'espoir, et de la crainte. C'étaient là ses inspirations, et ce sont là les vérités qui retrouvent un *home* en votre cœur et votre esprit. L'artiste, en proportion de sa force, fera passer dans son œuvre son propre caractère. Il ne doit être en aucune manière troublé ou retenu par son matériel, mais, dans la nécessité où il est de se communiquer, la pierre devient de la cire dans ses mains et permet une adéquate communication de lui-même dans toute sa stature et sa proportion. Il n'a pas besoin de s'embarrasser d'une nature et d'une culture conventionnelles ni de s'informer de la mode à Rome ou à Paris, mais cette maison, et ce temps, et cette manière de vivre que la pauvreté et le hasard de la naissance ont faite à la fois si odieuse et si charmante dans la cabine de bois dépeinte, sur un coin d'une ferme du New Hampshire, dans la hutte au fond des bois, ou dans le logement étroit où il a enduré les contraintes et le sentiment de la pauvreté citadine, serviront aussi bien que toute autre condition comme symbole d'une pensée qui découle indifféremment de tout.

Je me souviens que dans mes jeunes années, après avoir entendu parler des merveilles de la peinture italienne, je m'imaginais que les grands tableaux seraient de grands étrangers pour moi; quelque surprenante combinaison de couleur et de forme; une merveille inconnue, des perles et de l'or venant de loin, comme les lances et les étendards de la milice qui brillent si follement aux yeux et à l'imagination des écoliers. Je ne savais pas encore ce que j'avais à voir et à acquérir. Quand j'allai enfin à Rome, et que je vis de mes yeux les tableaux, je trouvai que le génie laissait aux novices le gai, le fantastique, l'ostentation, et que lui-même passait directement au simple et au vrai; que c'était familier et sincère; que c'était le vieux, l'éternel fait que j'avais déjà rencontré sous tant de formes, et duquel je vivais ; que c'était le simple *vous et moi* que je connaissais si bien, que j'avais laissé à la maison dans tant d'entretiens familiers. J'ai fait la même expérience dans une église de Naples. Là je vis que rien n'était changé pour moi sauf le lieu, et je me dis : « Sot enfant, es-tu venu jusqu'ici, traversant quatre milliers de milles d'eau salée, pour trouver ce qui était parfait devant toi à la maison ? » Je retrouvai la même chose à l'Academmia de Naples, dans les salles de sculpture, et encore à Rome, et devant les peintures de Raphaël, d'Angeli, de Sacchi, du Titien, et de Léonard de Vinci. « Quoi, vieille taupe ! travailles-tu si vite sous la terre ? » Ce que je m'imaginais avoir laissé à Boston avait voyagé à mon côté, et était ici dans le Vatican, et encore à Milan, à Paris, et faisait de tous les voyages un ridicule moulin-à-marcher. Je demande maintenant ceci à toutes les peintures : qu'elles m'apprivoisent et non qu'elles m'éblouissent. Les peintures ne doivent pas être trop pittoresques. Rien n'étonne autant les hommes que le sens commun et la simplicité. Toutes les grandes actions ont été simples, et toutes les grandes peintures le sont.

La Transfiguration de Raphaël en est un éminent exemple. Une beauté calme et bienfaisante y brille, et va droit au cœur. Elle semble presque vous appeler par votre nom. La figure douce et sublime de Jésus est au-dessus de tout éloge, et cependant comme elle désappointe les imaginations aux fleurs vermeilles! La sensation que donne cette contenance familière, simple, au langage énergique, est semblable à celle qu'on éprouve en rencontrant un ami. Les connaissances de ceux qui s'occupent de peinture ont leur valeur, mais n'écoutez pas leur critique quand votre cœur est touché par le génie. Cela n'a pas été peint pour eux, mais pour vous; pour ceux dont les yeux sont touchés par la simplicité et les émotions sublimes.

Néanmoins nous devons terminer en confessant franchement que les arts, tels que nous les connaissons, ne sont qu'initials. Notre meilleure louange est pour ce qu'ils visent et promettent, non pour le résultat actuel. Il a compris petitement les ressources de l'homme, celui qui croit que le meilleur temps de production est passé. La réelle valeur de l'Iliade ou de la Transfiguration est dans leurs signes de puissance; ce sont des vagues ou des rides sur l'eau du ruisseau de la tendance; des indices de l'éternel effort pour produire que l'âme trahit même dans son plus mauvais état. L'art n'est pas encore arrivé à sa maturité s'il ne va pas de front avec les plus puissantes influences du monde, s'il n'est pas pratique et moral, uni à la conscience, s'il ne fait pas sentir aux pauvres et aux incultes qu'il s'adresse à eux d'une voix sublimement joyeuse. L'Art a une plus grande œuvre à accomplir que les arts. Ils ne sont que les premiers pas d'un instinct imparfait et vicié. L'art est le besoin de créer; mais, dans son essence, immense et universel, il est impatienté de travailler avec des mains infirmes ou liées, et de faire des mutilés et des monstres comme sont toutes les peintures et statues.

Son but n'est rien moins que la création de l'homme et de la nature. Un homme devrait y trouver passage pour toute son énergie. Il ne peut peindre et sculpter que tant qu'il le peut. L'art devrait réjouir et jeter à bas le mur des circonstances de chaque côté, éveillant chez l'observateur la même sensation de rapport et de pouvoir universel que prouve l'œuvre de l'artiste, et son plus grand effet doit être de faire de nouveaux artistes.

Déjà l'Histoire est assez vieille pour rendre témoignage de l'ancien temps et de la disparition des arts particuliers. Celui de la sculpture a en réalité péri depuis longtemps. Originairement ce fut un art utile, une manière d'écrire, un souvenir sauvage de gratitude ou d'affection, et chez un peuple jouissant d'une merveilleuse perception de la forme cet art enfantin fut perfectionné jusqu'à la plus grande splendeur d'effet. Mais c'est le divertissement d'un peuple ignorant et jeune, et non le digne labeur d'un peuple sage et spirituel. Sous un chêne chargé de feuilles et de glands, sous un ciel aux milliers d'yeux éternels je me sens dans un passage divin ; mais dans les ouvrages de nos arts plastiques, et spécialement la sculpture, la création est reléguée dans un coin. Je ne peux pas me cacher que la sculpture a une certaine apparence de puérilité folâtre, et de tromperie théâtrale. La nature surpasse tous nos modes de pensée et nous ne connaissons pas encore son secret. Mais les galeries sont à la merci de notre humeur, et il y a un moment où elles deviennent frivoles. Je ne m'étonne pas que Newton dont l'attention est habituellement tournée vers les planètes et les soleils, se soit demandé ce que le comte de Pembroke trouvait d'admirable dans ces « poupées de pierre ». La sculpture peut servir à enseigner à l'élève combien profond est le secret de la forme, combien purement l'esprit peut traduire ses pensées dans ce dialecte éloquent. Mais la statue semblera froide et fausse devant cette activité toujours nouvelle qui demande à rouler d'une chose à l'autre, et est impatientée par les contrefaçons et les choses inanimées. La peinture et la sculpture sont la célébration et la fête de la beauté. Mais le vrai art n'est jamais fixe, mais toujours flottant. La plus douce musique n'est pas dans l'oratorio, mais dans la voix humaine quand elle parle spontanément en accents de tendresse, de vérité ou de courage. L'oratorio a déjà perdu sa relation avec le matin, le soleil, et la terre, mais cette voix persuasive est en harmonie avec eux. Toutes les œuvres de l'art ne devraient pas être des actions détachées, mais soudaines. Un grand homme est une nouvelle statue dans chaque attitude et chaque action. Une femme jolie est un tableau qui rend tous les contemplateurs noblement fous. La vie peut-être lyrique ou épique aussi bien qu'un poème ou une romance.

Si la loi de la création était véritablement annoncée par un homme qui en fut digne, l'art s'élèverait au royaume de la nature, et son existence séparée et opposée serait anéantie. Les sources de l'invention et de la beauté de la société moderne sont desséchées. Un roman populaire, un théâtre, ou une salle de bal nous font sentir que nous sommes tous des indigents dans les hospices de ce monde, sans dignité, sans savoir, ni industrie. L'art est aussi pauvre et bas. L'antique nécessité tragique, inscrite au front même des Vénus et des Amours de l'antiquité, fournit la seule apologie de l'intrusion de personnages aussi anormaux dans la nature, — savoir, qu'ils étaient inévitables ; que l'artiste était enivré de la forme, passion à laquelle il ne pouvait résister, et qui s'exhalait en ces belles extravagances, — mais la Nécessité ne revêt plus de dignité le ciseau ou le crayon. Maintenant l'artiste et le connaisseur cherchent dans l'art l'exhibition de leur talent, ou un asile contre les maux de la vie. Les hommes ne sont pas contents d'eux, et ils se réfugient dans l'art, et expriment leurs meilleurs sentiments dans un oratorio, une statue, ou un tableau. L'art fait le même effort que fait la prospérité bien nourrie, savoir, de détacher le beau de l'utile, d'abattre la besogne comme inévitable, et, la haïssant, passer au plaisir. Ces soulagements et ces compensations, cette séparation du beau de l'utile, les lois de la nature ne les permettent pas. Aussitôt que la beauté est cherchée, non dans la religion et l'amour, mais pour le plaisir, elle dégrade celui qui la cherche. La grande beauté ne peut plus être atteinte par lui avec la toile ou la pierre, le son ou la construction lyrique ; une beauté efféminée, prudente, maladive, qui n'est pas la beauté, est tout ce qui peut être produit; car la main ne peut jamais exécuter plus que le caractère ne peut inspirer.

L'art qui sépare ainsi est lui-même séparé le premier. Il ne doit pas être un talent superficiel, mais il doit sortir du plus profond de l'homme. Maintenant les hommes ne trouvent pas la nature belle, et ils veulent faire une statue qui le soit. Ils abhorrent les hommes comme étant fades, stupides, inconvertibles, et se consolent avec des couleurs et des blocs de marbre. Ils rejettent la vie comme prosaïque, et créent une mort qu'ils appellent poétique. Ils expédient les ennuis du jour, et volent à de molles rêveries. Ils mangent et boivent, pour exécuter l'idéal ensuite. Ainsi l'art est vilifié; le nom en communique à l'esprit son sens mauvais et secondaire ; il se présente à l'imagination comme quelque chose de contraire à la nature, et frappé de mort dès le commencement. Ne serait-ce pas mieux de partir de plus haut, — de servir l'idéal avant de manger et de boire ; de servir l'idéal en mangeant et en buvant, en respirant, et dans toutes les actions de la vie ? Il faut que la Beauté revienne aux arts utiles, et que la distinction entre eux et les beaux arts s'oublie. Si l'histoire était véritablement racontée, si la vie était noblement dépensée, il ne serait plus facile ou possible de les distinguer les uns des autres. Dans la nature, tout est utile, tout est beau. Cela est beau parce que cela est en vie, mouvant, reproductif ; cela est utile parce que cela est symétrique et beau. La beauté ne viendra pas sur commande, ni ne répétera-t-elle en Angleterre ou en Amérique les mêmes choses qu'en Grèce. Elle viendra, comme toujours, sans être annoncée, croissant sous les pas d'hommes braves et sincères. C'est en vain que nous cherchons à ce que le génie réitère ses miracles d'art ancien; c'est son instinct de trouver la beauté et la sainteté dans le nouveau et le nécessaire, dans le champ et le bord de la route, la boutique et le moulin. Procédant d'un cœur religieux il exhaussera la voie ferrée, le bureau d'assurance, la compagnie des fonds communs, notre loi, nos assemblées, notre commerce, la batterie galvanique, l'électricité, le prisme, et la chimie à un emploi divin, tandis que nous n'y voyons maintenant qu'un intérêt économique. L'égoïste et même cruel aspect de nos grand travaux mécaniques — moulins, chemins de fer, et machines — ne vient-il pas des impulsions mercenaires auxquelles ils obéissent? Quand ses messages sont nobles et divins, un bateau à vapeur passant sur l'Atlantique de l'Ancienne à la Nouvelle Angleterre et arrivant au port avec la ponctualité d'une planète, est un pas de l'homme vers l'harmonie avec la nature. Le bateau de Saint-Pétersbourg qui longe la Léna sous l'influence du magnétisme manque de peu de chose pour être sublime. Quand la science s'apprendra dans l'amour, et que ses pouvoirs se manieront par l'amour, elle apparaîtra comme le supplément et la continuité de la création.

TABLE

DES

MATIÈRES

www.ingramcontent.com/pod-product-compliance
Lightning Source LLC
LaVergne TN
LVHW020422230826
846091LV00004B/1381
* 9 7 8 2 0 1 9 7 1 5 0 9 0 *